청어詩人選 150

그런 날이 있더라

조상용 시집

청어

그런 날이 있더라

조상용 지음

발 행 처 · 도서출판 청어
발 행 인 · 이영철
영　　업 · 이동호
홍　　보 · 최윤영
기　　획 · 천성래 | 이용희
편　　집 · 방세화 | 원신연
디 자 인 · 김바라 | 서경아
제작부장 · 공병한
인　　쇄 · 두리터

등　　록 · 1999년 5월 3일
(제321-3210000251001999000063호)

1판 1쇄 인쇄 · 2017년 6월　1일
1판 1쇄 발행 · 2017년 6월 10일

주소 · 서울특별시 서초구 효령로55길 45-8
대표전화 · 02-586-0477
팩시밀리 · 02-586-0478

홈페이지 · www.chungeobook.com
E-mail · ppi20@hanmail.net
ISBN · 979-11-5860-474-5(03810)

이 도서의 국립중앙도서관 출판시도서목록(CIP)은 서지정보유통지원시스템 홈페이지
(http://seoji.nl.go.kr)와 국가자료공동목록시스템(http://www.nl.go.kr/kolisnet)
에서 이용하실 수 있습니다.(CIP제어번호: CIP2017011977)

* 이 책은 한국예술인복지재단의 창작준비금지원을 받아 발간되었습니다.

그런 날이
있더라

시침 뚝 떼고
이제야 당신들의 문장을 필사한다.
아마 나는 당신들을 모른다고 할 것이다.
또한, 당신들의 문장을 읽어본 적 없다고 할 것이다.
노여워하지는 말아 달란 부탁을 하고 싶어서이다.
구구절절 필사라고 했지만
사실 이것은 고백에 가까운 부끄러운 표절이다.

그저 다음 생이 약속된다면
그땐 주저 없이 당신으로 살고 싶을 뿐이다.

2017년 조상용

차례

5부
불안의 재구성

1부

연애시절

연애시절

이제 막
나른한 졸음 쏟아지는 고목 뒤켠에서
걷다 말고 웃고
누가 볼세라 뒤돌아 웃고
새싹 밟히는 소리도 노랫소리로 들려
첫눈 본 햇강아지처럼 뛰고
가슴도 뛰고
불혹 넘겨 봄 타는 가슴이 마냥 신기해
톡톡
지나는 바람 옆구리를 간질이다
꿈인가 싶어
입술 꽉 물어본다
아프다

또 웃는다
바람도 웃는다

덕수궁에서 봄을 만나다

볕도 졸음에 겨워 눈 비비는 봄날 오후
땅에 떨어진 고귀함을 밟고 발자국이 줄을 섰다
대한문을 등지고 선 병졸들과
시청을 뒤로하고 선 시민들

수문장(守門將)의 구령이 잠을 깨워
풍악 소리 높아지면 도시는 춤을 추고,
비단결 자태에 악공(樂工)이 넋 놓아
풍악이 잦아들면 박수 소리 높아지니,
그대라도 봄날엔 품에 안은 봄이라서
상처로 맺힌 망울도 터뜨려 꽃이 된다

봄에 하는 고백

늘 생각이 멈추는 곳에서
누구나
손바닥의 손금을 지도처럼 펴들었던 기억이 있을 것이다
무덤덤하게도 아무 일 없이
손을 꼭 맞잡으며
전해 주었던 서로의 운명이
운명처럼 떠내려가던 날
당신이 좋아하는 커피가 무엇인지를 묻고
처음 서로의 마음을 나누었을 때는 알 수 없었을
인연이라는 말은 그렇게
그때가 되어야 손금 보는 법을 가르쳐 주었다
마치
바람이 머문 자리마다 새들이 머물 듯
비우지 않아도 차는 것이 인연이라는 듯
오늘 벚꽃은 함빡

두근거리던 심장을 다 비워 내지도 못하고 들켜버릴 것 같은 몇
마디 말 때문에 손끝도 마주하지 못했다 바짝 마른 입술에서는 푸
석푸석한 소리마저 들렸다 냉수 한 잔으로 해결될 일이 아니었다
그저 당신이 알아채지 못하기만 바랐다
시끄러운 카페가 마음에 들었다

이제
나의 봄에 당신의 봄날이 들었으면 좋겠다
샛노란 민들레처럼

다시, 황사

봄바람 탓이었을 것이다
버석버석한 몸으로 비벼대던 언덕을 스스로 허물어 버릴 때부터
슬퍼서 길어진 모가지에
신기루처럼
이역만리에서나 있을 영산홍이 만발한 것도

막 초경을 시작한 소녀처럼
봄 타는 중이라고, 낭만스럽게
제 바람난 것은 아랑곳없이
한 번도 맡아본 적 없는
비린내 나는 이야기를 들려줄 때부터
일생 한 번은 만발하고 싶었을 것이다
그러니 이제

초록이 지워진 들에
딴에는 가장 화려한 색으로 피어나고 있다고
사막에서만 자란 반추동물의 눈동자에 파도가 이는 건
아마

봄바람 탓만은 아닐 것이다

제비꽃이 피면

봄이 온다 가까스로
보라의 속눈썹을 위로하며 제비가 온다
따뜻해지는데 시간이 좀 걸렸다
이제 당신도 왔으면 좋겠다

꽃밭에서

저물녘, 동쪽으로 누운 원색의 포르노를 본다
섹스의 자음들처럼 적나라하게 벌어진 세계는 관대하게 빛나고
또 불탄다
노송의 그늘도 저만치 비켜 노을 앞을 알몸으로 고스란히 지나
가는 봄
살랑 바람에도 부르르 온몸을 떨며 가는 꿀벌의 오르가즘을 두고
보아야만 하는 관음의 날

하—
오늘 밤은 참 길 것만 같다

연(燃)

허공 어디 중간쯤

하늘 아래

낙숫물 뚝뚝 떨구는 처마 위로

새들의 날갯짓보다는 낮게

손닿을 수 없는 거리에 마음 닿아

비나이다

비나이다

간절한 것이 또 그리운 날

종종걸음은 그림자로 탑을 쌓고

바람은 곁눈질로 살랑,

산사의 풍경(風磬)은 딸랑,

제풀에

하늘은 꽃밭이 된다

밤꽃

해가 지면
바람난 사내도 집으로 돌아가고
발정 난 부림소도 볏 자리를 깔고
비행이 곱던 제비도 둥지에 앉아
눈꺼풀 나른한 잠에도 꽃을 피우는데
유독 유월에만은
대낮에도
보란 듯, 뜨거운 듯
지천에서
보슬보슬 낯 붉게
코끝 지릿한 꽃이 핀다

우산 함께 쓴 사이

고갯마루에선 바람도 땀을 식히는 7월
그리운 것을 마음 놓고 그리워할 수 있는 날
하늘은 졸린 눈으로 딸꾹질하듯 장맛비를 내리는데
혼자 빗속을 뛰어나갔다가 흠뻑 젖어 돌아온 생각이
우산 없이 발만 동동 구르는 그런 날
우연히
마른 하루 반쪽을 내어 준 사이
너무 빠르게도
너무 느리게도
너무 가깝게도
너무 멀게도
너무 그립게도
더, 알고 싶게도
하지 말아 주세요

여전히 감미로운지

시 한 편 맡에 두고 밤새
까무룩 했을 당신의 잠을
모른 체 할 수 없어 이 아침
커피 한 잔 앞에 두고 까만
밤을 음미한다

행복해본 사람만 알 수 있는
물기 가득한 단어를 툭툭, 주고
받았던 지난밤
지나고도
여전히 감미로운지
옷섶에 떨어지는 색 진한 커피 향 물들어
닮아가고
누구 하나 귀 기울이지 않아도
주어 없는 비문(非文)에선
둘만 알아듣는
맥락 선명한 문장이
몽글몽글 오롯하게 음각되는 시각
미처 다 담지 못해 어수선한 문밖
능소화 곁 나비 한 마리
들리지도 않는

날갯짓 소리 여전한대로
일부러

나는 놓치고 있다

연애 상대성 이론

식어버린 노을이 쓸쓸해 보이는 엽서를 한 장 샀다 사람이 하나
도 등장하지 않아 죄책감에 고독해지지 않아도 될 풍경,이다 머
리를 자르고 엽서 속에서 엽서를 쓴다 우체국이 어디 있는지, 우
표는 어디서 사야 하는지 따위의 거추장스러운 생각들은 이 낭만
적 행위에서 중요하지 않다 엽서를 읽고 있을 당신에겐 과거의 이
야기가 될, 기록되는 순간 모두 과거가 되는 기억 같은 이야기를
쓴다 엽서를 받는 당신은 미래의 애인이지만 엽서를 쓰는 내겐 현
재의 그대인 것처럼

아차, 미안하게도 이제 막 '너의 이름을 불렀'으니 당신은 옛 애인
이 되고 말았다 이렇게 우리의 서사는 늘 플롯이 문제였다 머리를
잘랐어도 죽지 않는 것처럼

첫

그 처음이라서 첫,
작년에도
재작년에도
내렸을 일인데 유독
첫사랑 같은 설렘을
강아지 꼬리만큼만
살랑살랑
재촉하고
소년은 소녀를 만난다
그 마지막은 늘 잊어버리고 살았던
당신의 첫,

눈은 또 허공 가득하고
푹푹 얼음장 같은 소리로
눈꺼풀 쏟아지는 날
잠깐이지만
겨울은
이내 봄

삼추가연(三秋佳緣)

느닷없이
한 송이 국화에 마음이 갑니다
어떤 날은 뒤란을 껴안고
어떤 날은 기억만 붙들고
어떤 날은 문지방에 기대어
그런 날은 꿈에서도 꼭같이
베갯잇만 적셔두고
마치 아무 일도 없었던 것처럼

한갓
피고 지는 일도 운명 같은
운명을
믿어보기로 합니다
그리고
불혹 지나

이 꽃 지면 다른 꽃도 없을 것 같은*
조급한 편애가 유독
두려워만 집니다

＊『혜원전신첩』 중 「삼추가연(三秋佳緣)」의 '不是花中偏愛菊/此花開盡更無花' 부분 인용.

절정(絕頂)

어땠어?
아내가 내려준 한약을 먹고 온 남자처럼
묻는 당신에게선
탱고가 흘러나왔다
담배 연기 뒤에 있던 나는 당신들의 오르가즘이 궁금했다
딴.딴.딴.딴. 따—다—다 단.딴.딴.딴.
눈치도 없이
죽은 고양이를 묻는 심정으로
오른널(棺)과 왼널(棺)에 누운 부부처럼
담배를 피워,
물었다
좋았어?

그,
아주 오래전이었던 어떤 당신은
가을이라고 했다
가을이면
너는 사랑니가 났고
나는 아팠다
우리는 서로를 위로했지만
절경은 절정에서 절정을 이루고

아무렴
지는 낙엽도 탱고를 추어대니
아–
짧게 가지만 반드시 다시 오고야 마는
가을은 붉게
붉게
타는 냄새만 났다

입동도 지났으니 겨울이라 쓴다

기온도 간당간당
앙상한 가지 끝 영상(零上)으로 매달린
초겨울 보름 밤
손가락 마디만큼 열린 창
바람 떠밀린 시린 달빛
반가운 손님처럼 들어온다
별이 쏟아졌다고

수노루 컹컹
낙엽 바스락 처마 아래 선
달이 밝다고 멍멍

밤새 이러고 달떠
낙엽도 수노루도 개도 나도
무서리 은빛 새벽 당신도
사랑하는 이유 다 모른 채
그림자만 포개며 놀았다

꽃 같았던 날

자고 일어나니 담이 들었다 간밤
꿈에 무엇을 했길래
민들레 꽃잎만큼
귀뚜라미 울음만큼
이 작은 움직임에도
눈밭 참새 발자국만큼
창틈 햇살만큼

이유 모르게 아파도
어디가 아픈지 도무지 알 수 없는
난해한 통증

사는 게 꽃 같았던 날
그 밤이 길었다
세월 가도 여전히
버릇 되지 못해

또
첫사랑이었다

2부

연애의 내력

먼 훗날

어쩌다 우리가 다시 만나진다면
비켜갈 자리가 있었으면 좋겠습니다

어느 날 차 안에서

- 이별 후, 愛

슬프지 않게 이별을 말하고
떠난
당신의 자리에 앉아본다
그렇게 말하느라
많이도 아팠겠구나
나란 놈 이렇게 보였겠구나
힘들게 앉아있었구나
두고 가는 게 내내 미안했었구나
차갑게 떠나느라
미처 가져가지 못한 체온이
포근하다

당신도 뒤척였을 그 날

새벽까지
남겨진 온기와 마지막 포옹을 했다
아— 당신 참 따뜻한 사람이었구나

그런 날이 있더라

숱한 말이 목에 걸려 고작
사랑한다
그 한마디도 할 줄 몰라
종일 꽃의 눈만 바라보다가 정작
바람과 눈이 맞아
애달픈 시는 다 쓰지도 못하고
볕만 쬐다 돌아서는
떨어진 걸음걸음
꽃잎마다 맴돌아

복사꽃 그늘도 서늘하게
일 년에 하루쯤
꼭 그런 날이 있더라

애틋하게, 6월

시간 지나면 그런대로
괜찮을 거라 여겼는데
지난봄
꽃비 내린 자리가 여전하다

몇 번의 비가 내렸고
바람도 여전히 불었고
애틋한 비질도 쓰다듬었을
꽃자리 그 아래
그늘도 숨기지 못하는
살랑살랑 뜨겁던 기억

속삭이듯 걸었건만
버찌 떨어지는 소리에 그만
발아래 멍 자국을
들키고 말았다

별들의 진화

벚꽃잎처럼 후두두 가벼워지는 일상이
별들의 자리에 내려앉는 순간마다
비워진 자리만큼
우리의 이별도 진화할 테니
차마
우려는 현실을 기대하지 못하고
살가운 이의 옆모습을 보아야 하는
이별은

늘
1광년쯤 먼 저, 별에서 일어난다
그러니
삼백예순날을 두고
네 번의 계절을 바꿔가며
이, 별에서
너도
아직은
사랑해도 될 일이다

훗날
맞절하며 마주 해야 하는 친구의 가슴 먹먹한 눈빛같이

기다리지 않았던 낯선 봄볕이 등으로 떨어질 때
새카맣게 타는 속도 미처 다 태우지 못해 지구로 낙하하는 운석
이 있다면
그래

그런 건 추억쯤이라고 해두자

좋은, 날

드문드문 낯설어진 거리에
골목 끝은 이유 없이 이어지고
모퉁이를 돌다
훌쩍 잔상으로 남은 풍경
모퉁이를 돌아
저기 저,
지워버린 집
낮은 담장 너머

양귀비 이파리도 가시 같아
헤어지기 좋은, 날
바람 없이 휘젓는
꽃그늘마다
벌겋게 달아오른 눈이
모질게 서럽다

석류

하얀 치마폭
늦봄 초경
흔적처럼 지워지고
왈칵이기도 울컥이기도 한,
그리움이
꼭꼭 숨어있기 좋은 석류는
간절할 때라야
제법
잠자리 날갯짓 같은 꽃
떼어낸 자리에서 맘껏
가을보다 깊이
짙붉은 소리를 내어본다

낮달을 보다가

낮달이 지고 나면
뒷골목은 부러진 의자 다리를 껴안고
초롱초롱
뜬눈으로 별을 세고
참고, 참고, 또
참아왔던 봄은
이방인의 발바닥을 서두르며 온다

전생에 울음이 많던 소는
사골국 바닥에 모여
까칠한 혓바닥을 뱀처럼 휘감아 보지만
어쩔 수 없이
말로 나오지 못하는 것은 똥이 된다
그러니 형제끼리 싸우지 말라고 했던 아버지들의 유언은
조금 설렜지만
기대는 남김없이 바닥으로 떨어졌다

이제 곧 눈 시린 아침이다
당신이 없다는 말로
간신히 목 축일 수 있는
고백의 입술엔 눈동자가 없고

세상
모든 그리움은 전봇대 끝에서
그나마 남은 체온으로 둥지를 튼다

하 얗 게 센 낮 달 이 뜬 다

날벼락

먹구름 발등을 누르는 날
쩍 하는 날벼락에 허공 갈라지는 날
와르르 앞산 돌산 허물 벗는 소리 하는 날
빗속에서
나란히 새긴 발자국 두 개를 지우는 날
젖은 발바닥이 찌릿하게 움찔거리고
발 익은 자국이 사방팔방 갈팡질팡 길 잃어도
풍경이 하도 안쓰러워
조심스레 물어본들
대답할 이 하나 없어 보이니
느닷없이 그 사람이 야속해진다

꽃은 가장 아름다울 때
비로소 말문을 닫는다

앙상하게, 그 달달한 연애를 끝내고도
삼 년 하고
몇 계절은 더 흘렀을 텐데 당신은
느닷없이
벌써 가을이라고, 잘 지내냐고
모래톱 같은 바닥에 자음과 모음을 깔아놓는다
대답은 하지 않았다

묵히고 묵혔다 돌아오는
다음 계절에 전하려 한다 칠칠치 못해서
그렇게 느리게 이별하며 사는 거라고
평생 이렇게 바라보는 거라고
말문을 닫기 전까지 모든 사랑은 아름답다고

잊었는가,
잃었는가 싶었는데
그래도,
그대도 가을이다
아무렇지 않게 달은 차고 기울어
홀로 두고 간 그림자도 훌쩍 키가 크는
비로소
가을의 말들을 이해하기로 한다

비 오는 오후

깜빡
젖은 양말을 신고 잠이 들었다
항상
잠결에만 전해오던
잘 지내냐는
안부에 대해 생각하다
당신을 생각한다
세상 모든 말들이
그 세 음절로 줄어들기까지
삼켜버렸던 숱한 새벽이 꿈처럼 지나가고
잘 지낸다는
대답에 대해 생각하다
또 한 번 당신을 생각한다
수많은 대답 중에 고작 할 수 있는 말이
그것만 남겨지기까지
남아 있어야 했던 기억들이 한꺼번에 쏟아져
이젠 당신만 생각한다

전화벨은 울리는데……
전화벨은 울리는데,
발가락만 꼼지락 꼼지락

양말이 다 말랐다
낮잠은 짧아서 좋다

설령, 아프더라도

당신을 느끼고
우리를 만나며
헤아렸던 날들보다 오롯이
그리워만 한 날이 더 많아진
가을, 어느 저녁

채 사십구일도 지나기 전에
옹색하게 사랑니가 난다고
아프다 이제 겨우
마흔을 간신히 넘겼을 뿐인데
장마 끝난 한낮
덩그러니
널브러져
양지에 그림자를 만들어야 하는 우산처럼
몸 아린 게 좀처럼 마음 같지 않다

살아서
바람이 많던 초록의 진화는
별들의 행로를 따라
길고 긴 목이 차례로 열리고
두 발로 혹은 네 발로

비탈을 딛어야 날개 돋는 무리에겐
비정한 소문 가득 차는 행성의 서늘한, 그 저녁

걸음 아래 도토리 한 알도
비켜 주지 못하고
점점
하늘을 보는 시간이 많아져 가는
이제
나도
가을이다
당신이 그립다

ps) 스스로 움직이지 못하는 것들은 열매를 열고, 움직일 수 있는
무리는 그 열매를 주머니 가득 채우며 어느 행성의 계절엔 가을
이 오고 또 간다고 한다

처서 지난 낙산, 해변

다 익은 여름과 이별하는 낙산 해변 아직
등대는 미처 불 밝히지 못한 시각
모기와 말 섞어가며
해안을 따라 촘촘하게
여름이 놓고 간 낱말을 줍는다
나른하고, 끈적하고
사랑하고,
사랑했던

막걸리 냄새 푹푹 익어가는
지난밤 들떴던 벤치는
언어도 다른 이국
어느 무더웠던 기억의 커피를 받아들며
짜디짠 시집을 읽고, 또 읽다가
잠시 잠깐 모래사장에 바스러진다

때늦어 소음도 되지 못하는 폭죽이
타다다, 타다다 아쉬울 게 없는 아이들처럼
무엇이든 폐허 앞에선 말이 많아지는 법, 과묵한 시인도
자판기 커피가 식어가는 시간만큼
서걱서걱 난해한 모래알을

미처 털어내지 못하고
심각한 수다쟁이가 되어본다 무엇이든
헤어지는 일엔 싸구려 커피가 제격이다

너의 집 앞에서

라이트를 끄고,

시동(始動)을 끄고 너를 본다
오디오 볼륨을 낮추고 너를 본다
심호흡을 하고 너를 본다
입술에 침을 바르고 너를 본다
맞은편 한 대의 차 불빛이 사라지고 난 후 다시 너를 본다
손톱을 깨물고 너를 본다
엄지발가락에 힘을 주고 너를 본다
시계를 바라보고 너를 본다
헛기침을 하고 너를 본다
끝내 뒷머리만 긁적이다 너를 보낸다

오늘도
어금니까지 올라왔던 말이 입술을 달싹거리지 못하고
네 등에 인사만 했다

눈물로 쓴 시(詩)

정말이지
다시는 그리워하지 않으려 했었다
너의 감성과, 너의 눈물을 이미 버렸다고 맹세했었다
내 껍데기만 남아서 악다구니로 시를 쓴다고 욕해도
다시는 너를 그리워하지 않으려 했다
목구멍까지 그리움이 올라와서
꼴락꼴락거리며 말이 막혀 벙어리가 되더라도
다시는 너를 그리워하지 않으려 했다
말을 하지 않아도 시인을 시를 쓸 수 있다고 믿었다
웃기지도 않게
너무 늦게 알아버린 눈물이, 그래서 너무 빨리 버렸던 눈물이
불혹을 바라보는 나이에 시를 쓰는 모습이란……

시 한 편을 다 쓰지도 못하고 눈물과 놀았다
그러고 보면 시인이란 참 철없는 존재다

연애의 내력

정열적이었던 입술은
귀에서 멀어졌고
기억을 더듬어 보면
밥값을 계산하는 여자와
모텔비를 지불하는 남자의 뒷모습엔
묘하게
진화하지 못하는 습관이 있다
호모사피엔스로부터
그 둘 사이의 순서에
의미란 없었다 오직
가족이 아니라는 것과
연애가 뜨거웠다는 수사(修辭) 속에서
자신의 직업이 백수가 아니라
시인이라고만 써야 하는
저 어설픈 고백만이 종족의 연애사에 있었을 뿐
달이 찬(滿) 날, 별은 유난히 차(寒)고
높이에서 깊이로 꺽꺽

합장도 기도도 닿지 않는 소리는
새벽녘 얼음 밑에서만 울고
간절히 진화하지 못하는 습관은
버석버석 부서지는 고요만 노래한다

실연(失戀)

너와 나의 거리를 지나,
너와 나의 기억을 지나,
너와 나의 추억을 지나,

네가 먼저 떠났으니
아직은,
네가 더 아파해라

떠나는 네가 미안하다 말하였으니
아직은,
네가 덜 행복해 해라

급하게 돌아서는 네가 다 가져가지 못한 추억이 남았으니
아직은,
아직은,
내가 조금 더 행복해 하마

여섯 번째 손가락
– Blog

따각따각
검지만 까딱이며
불 꺼진 방, 문을 열고
눈물로 투명해진 너를 본다
이별을 했고
그래서 아프고
아파서 늘 울기만 하는
사랑을 했었다던
여섯 번째 손가락

또각또각
어제 물었던 안부를
눈으로 듣고
다시 또 문턱이 닳을 구실을
검지로 쓴다
모두 비밀이다
냉랭한 구리선
한쪽 끝을 잡은 아픈 손가락
잠시
흐느낀다

따가따각
내 방의 불을 끈다

나는 너를 모른다

이, 별의 음모론

분명
불과 한 계절을 넘기지 못하고 사라지는 머리끈에 대해 음모라고
말하던 당신은
이별을 목전에 두고
버려지는 감정이 모여드는 별이 있을 거라며
그 음모론을 재확인했다
확신이었다
당신은 거기로 갈 거라고 끌려가게 될 거라고 말장난을
비장하게 휘휘 저었다
설탕을 두 스푼이나 넣은 커피에서 작은 소용돌이가 일었다
여기 빨려 들어가면 우리는 그 어느 별에 닿을 수 있을까
내가 물었고
그 별에서 만나자는 싱거운 대답이
중력의 반대쪽으로 쏟아졌다
지상에서 사라진 우산과 벙어리장갑과 주머니에서 사라진 동전
과 라이터가
담배 연기와 함께 부유했다
저들은 어디로 가는 중일까
내가 물었고
우리는 지금 이별로 가는 중이라고
이내 당신의 대답도 총총 사라졌다

흩어진 대답 역시 따로 모이는 곳이 있다면
그렇다면
이제는 당신의 음모론을 믿어보기로 한다

몇 년이 지나도 지겹지 않을 머리끈과 불러도 사라지지 않을 당신
의 이름과 묻고 속삭였던 우리의 대화가 모여 있는
이별로 가자

더는, 미술관

가까이 오지 마시오
손대지 마시오
한 걸음
뒤로 물러서시오

손만 잡고 자겠다던
세상 모든 오빠들의 미술에 큐레이터의 입술이
엉킨 타래를 건넨다
평생을 시인 흉내로 살아오던 한량은 도저히
가늠할 수 없는 거리
한 발,
두 발,
뒤로, 뒤로

물러설수록 더 오롯해지는 입술, 들
그림은 이제 세상에 없다
늦었지만 더는

시가 될 수 없는 것을 알아버린다
비로소 자기검열 시스템이 반응한다
한량처럼 살아가리라던 시인은 시 속으로 깊이

숨어들고 한량은 이제
시 한 편이 된다

3부

헤어진 다음 날

헤어진 다음 날

손이 닿지 않는 먼 하늘도 그녀를 닮아 보인다

봄을 보다

황사가 돌고 난 뒤
하늘이 너무 맑아
오롯한 내가 부끄럽다

봄볕 쏟아지는
그늘 밑에 숨어들어
조근 조근,
싸한 가슴 토닥이며
겨울 스민 발아래
멀쑥이 움을 틔운
여린 초록,
슬그머니 손을 잡으려다……가
철썩,
믿음 깨지는 소리에
봄을 본다

상춘(賞春)

톡톡
무언가 찌르는 소리에 무심코
발아래를 보다
이리 낮은 곳에도 계절이 있었는가

봄 아니었으면 보이지 않았을 것들의
기척을 본다 파릇파릇 노려보는,
일생 파래본 적 없는 초록의
가여운 항변을 듣는다
이 가벼운 것에도 숨이 있는가
함부로 짓밟지 마라

연두의 사랑은 초록이니
이별은 사랑의 순화된 기록이니
중력에 가까워진 누구의 언덕이었을지도 모르니
그리하여
너도 한번은 울어보았을 테니

지나간다

하고픈 말 다 하고도
아니함만 못한 것이 있다
마음에 걸린 말 다 비워도
돌리지 못하는 마음 있듯
봄도 그렇게
서늘하게
그냥 두고 가는 것이 있다
봄에만 피는 꽃이 있듯
봄이
피우지 못하는 꽃도 있다고
위로해 보지만
위로가 되지 않을 때가 있듯
비바람 거세다고
꽃이 지는 건 아니라고

참는 거다
나도 당신도 그렇게
다
꽃처럼
지나갈 뿐이다

모른다

비바람에 꽃잎이 져도
가끔
어찌하지, 해주지 못할 때가 있다

아프면서 크는 거라고
두 눈 질끈 감고 반쯤 비켜서 보아도
안쓰러울 때가 있듯이

가장 사적인 이름을 두고도
그냥 가만히 모른 척
옆에서
낯설게 보아 줄 뿐
우산은 내가 들고
긴 새벽은 온몸을 기대
나를 울렸다
피우지 마라
그러니
아프지 마라

아니 더 아파해라
살아서, 살아있는 것만이
바람을 안다

초승달 뜬 여름밤

하지(夏至) 지나고 며칠
저녁배 불리고 평상에 누워 보니
더위로 흘린 산은 풍만함만 아른거리며 모로 눕고
삐친 기색 역력한 달은 우물에 빠져 모로 눕고
사타구니까지 들어왔던 바람은 별과 눈 맞아 모로 눕고
넉넉한 열두 달을 가진 한 해도 모로 돌아눕는데
한 접, 두 접
엊그제서야 굴비 신세로 엮인 마늘이
벌써
가을바람에 밤 떨어지는 시늉을 하며
눈물도 없이 처마 밑으로 투신을 한다
툭, 툭, 가볍다
'다, 그런 것 아니겠는가?'

나도 모로 돌아눕는다
비가 오려는지
개구리 곡소리도 청승맞게 모로 눕는다

정동진에서

사라진 수평선을 두고 술렁이는 새벽
겹겹 고요한 잔물결 뒤에 알몸으로 숨은 해가
온 바다를 벌겋게
홍조로 물들이고도 모자라
저마저 달뜬 얼굴로
(정동진에서)
이 다섯 음절로도 충분한 저 당당한 관음을
그림자도 만들어내지 못하는 영혼 없는 활자가
잔망스럽게 쓰고
또 쓰게 만든다

옛 그 어느 날
목욕하러 내려왔다던 선녀 옷을 감추고
또 감추었던 나무꾼처럼
달을 삼킨 바다가 해를 낳는 일을 두고
그토록 간절하였던 것인가 그리하여
겨울 가면 봄이 오는 일을 두고도 부산스럽게
시는 쓰여지고
또 쓰여졌던 것인가 그리하여
나는 바다 쪽으로 가까이 한 걸음 더
오고야 말았던 것인가 그리고 여기

안부가 닿을 수 있는 거리에 차마
당신도 있구나

이제 그대다

새벽, 깊은 놀이터, 그네
삐걱삐걱 흔들리는 길고양이 한 마리
닿을 자리 없는 독백이 주거니 받거니
사연 가득한 허공을
쓸쓸하게 난도질한다
엎드릴 힘도 없이,
저토록 아프게
독백이 울음처럼
외로웠던 적이 있던가

고작
닿을 수 없는 만큼 멀어졌다
돌아보다
달뜬 발소리 숨죽이는 사이
가로등만 바라보는 그림자 홀로
새벽이 우는 소리를 듣는다

모른 체 지나쳐야 그래
실컷 울어야
장마 지났으니 이제,
이제 곧 그대다

춘천휴게소에서

숨 쉬는 것만으로도 코끝 젖어 오는 날
야음(夜陰)을 빌려
익을 대로 익은 등껍질 비우고
철없이 바람난 사내처럼
뒤돌아보지 않고 기어 올라간 망루
땅 끝자락을 받쳐 올린 허공에 발 내디디면
비워진 자리마다 별이 들어간다
대로를 따라 줄을 섰다가
아파트 단지에선 깨진 유리조각처럼 흩어지고
다시 강줄기를 따라 손을 잡아끌며
빈자리를 찾는 별들
나란히 발 디디고
자기 등껍질 찾아 손짓하는
또 다른 바람난 사내는
손끝에 별이 붙어서 떨어지질 않는다
비우면 찬다

어쩌다 하늘이 눈이라도 질끈 감아주는 날이면
춘천휴게소에서는
비지 않은 자리에도
비집고 별이 들어간다
비우지 않아도 그리우면 찬다

막연하게

이토록 좋은 날
당신의 눈물에 대해 생각하다가 이미
말할 수 있는 슬픔은 슬픔이 아니라고
언젠가 썼던 문장을 다시 쓰는 것으로
안부를 위로하는데 문득
사랑하기 때문에 헤어진다는 로맨티스트처럼
내가 가늠할 수 있는 당신이 막연해진다
막연하다는 것처럼 아름다운 것이
또 있을까

오로지 기억에만 열리는 감정 봉오리가
어제보다 오늘
조금 더 낫고 그제보다 어제 조금 더
활짝 피어나는 것처럼
당신도
기억도

수없이 바람에 흔들려도
지기 전에 한 번
가까이 닿길 바라는 가시 돋친 바람도
모두 막연해질 때 장미가 져도

아까시꽃 만발한
이토록 좋은 날
사랑한다사랑하지않는다사랑한다사랑하지않는

주문 걸린 이파리도 막연하게 뚝뚝
떨구는 것이 있다

여름은 무겁다

늘어진 전깃줄 그림자는
에.롭.다.고
노모의 말을 주워 배운 은사시나무가
짜락짜락, 기껏
발성되지 않는 소리만
땀으로 뻘뻘 흘려보내는 한여름 버스 정류장
도무지
버스는 서거나
문 열어줄 일 없는

끼니때면 연기를 피워 올리던 오막살이 곁으로
혼자만 오래 살아 미안하다고
닳아빠진 한숨 모여들던 폐가
외로움도 일상이 되면 그립기 마련이라서
그나마 정 많은 버스 기사가
잊지 않고
지날 때마다 두근거리는 크락션에
나풀
나풀거리는 잎사귀만 그 말을 알아들어
백로 한 무리
한숨 푹푹 찌는
여름은 그대로 간다

경춘선 열차

새벽 검은 강이 뿌린 하얀 그리움이 짙어
지나는 간이역 마다 밭은 호흡을 토해내며
몇 천 겁의 인연을 안은 윤회처럼
기차도 강도 멀어지고, 가까워지고…… 뿐
기차는 달리지만 흐르는 건 강물

그리움만 자욱한 꿈이었던가
철길의 오른쪽과 왼쪽을 번갈아 밟아가며
인연이 아닌 것과 인연인 것 사이에서
춘천역을 지나치지 못하는 기차는
깨금발을 딛고
고단한 새벽안개 속에 달려온 길을 더듬는다

엄청난 폭우가 쓸고 지나간
그런 밤이 지나도 매일 같은 시각 두부장사 종소리가 골목을 메우고
나는 우연하지만 아주 아름다운 발견에 대견해 하고 있다

멀리 신복사지를 두고

돌로 된 것만 남은 자리에서 돌로 된 것이라고 모두 남지 못하는 자리에서 돌로 된 것만 기억해야 하는 자리에서 긴 세월 돌로 된 것,
둘이 마주해야 했을 자리에서 무지한 중생이 간사한 말로 사원을 짓는다

그 난리가 쳐들어 왔을 때
처마 밑의 연꽃이 푸르고 푸르게 피어나는 소리가 들렸고 비질이며 염불이며 공양은 나지막이 고요했다 멀리서 무엇을 알고 불어오는 바람만 풍경을 어르고 달랬다 일주문이 열리고야 승려 몇은 서로를 껴안고 울었고 사천왕상이 쓰러질 때는 목탁 소리 더 높아지다가 해탈문까지 불타면서
금당엔 가부좌를 튼 해탈만 남았을 것이다

그 난리가 쳐들어오고도
다음 날 보이지 않는 소리들이 숨어든 석탑 틈으로 해는 여지없이 떠올랐고 인자한 표정의 보살상에 그늘이 일기 시작했다 이제 남은 것은 둘 뿐이라는 사실보다 저토록 지척에 두고, 그림자도 맞닿을 수 없는 서로를 예견했기 때문이다 바라고 바라옵건대 염원이 간절해도 이루어질 수 없다는 것을 이미
알고 있었을 것이다

그 난리가 물러가고
짐작하기도 어려운 시간 타들어 갔을 그네들 까만 속처럼 날이
저물고 바라고 바라옵건대 합장하던 사내가 산을 내려가자 사원
은 허물어진다
당신과 나 이제 둘만 남는다

다시, 비

여름 한낮
소나기 피해 들어선 골목
슬레이트 지붕 처마가 잔잔한 물결이 된다
호수 된 하늘 아래

거세질수록 아득해지는 골목 끝을 두고
꾹꾹 참았던 그리움을 툭툭
부러트리는 거다 이 비에
파르르 날 선 말로 안녕!
하자던 당부는 안녕하신가
문득
묻고 싶었던 날을 낯설게 내려놓으며
시를 썼다
지우는 거다 별안간
이 끝에서 만나질 기억을 염려하며
발 한 번 담그고 찰랑찰랑
언제 그랬냐는 듯 또 그렇게
잠시 쉬다 가려는 거다 다시,
간판도 없는 구멍가게마냥 촌스럽게
낭만적인 꿈이라도 기대하며 낮잠에서
깨고 싶지 않은 걸게다 이렇게 덩달아

나도 머물다

가는 거다

어느덧, 어느 덧없는

불혹 넘기고도 혹시
사연 없는 계절이 남았을까
뜨거웠던 여름은 수도 없이 피고 지우다
어느덧
어느 덧없는 날에
시월까지 떠밀려왔다

저 단풍도 저 하늘도 이미
그 무능한 시인이 가을보다 먼저
빨갛고 파란 것으로
강아지 이름을 불러주고 말았으니
더는 내 위로할 말이 없어

사랑하는 사람들아 가을엔
부디 헤어지지 말자

옛사랑

어느 날
그 자리
사람들 속에서
미처 이름을 부르지도 못했는데
문득
소나기처럼 쏟아지는 기억

순간에
비켜 갈 새 없이 내몰려
넋을 놓고
넝마 같은 시간이 발끝에 차도록
우두커니
눈을 뜨고도
기억이 삼키는 소리를 듣지 못했다

이 고요함 속엔
바삐
살아 있는 것은 모두 지나간 것뿐
오롯이
나는 있는데 당신만 없다

소매물도로 간 바다

이별을 지척에 두고
조잘 재잘 이야기를 섞어 가며
선창(船艙)에 모여 앉은 군상(群像)들
잘도 훔쳐 들은 남도 가락에
비린내 짠 눈물도 없이
바다는 덩실 춤을 추다가
쩔깍쩔깍
눈짓 마주할 새도 주지 않고
야멸치게 배를 끌어내는데
뿌우웅—
외마디 고함에 이별은 놀라 흩어지고
바다가 덩실
배가 두둥실
하니
군상(群像)들도 덩실
빈 선창(船艙)엔 맥쩍게 이별만 남아서
주인 없는 가락에 또한 덩실

아득
아득
아득

아득하게 멀어지고 나면

아득

아득

아득

아득하게 날아갔던 갈매기만 돌아오고

한바탕 소리판 춤판에 홍조를 띠던 이별은

뭍에서만 슬픈 가락으로

언제든

나는 자는 돌아올 것이니 드는 자는 안아주겠노라

철썩철썩 하얀 기약으로 발림 하는데

단단히 춤바람난 바다는

막배를 꾀어내고도

아랑곳없이 두덩실

속절없는 탑돌이

야생화 전시 알리는 현수막 보면서
왠지 모를 안쓰러움이 먼저 밀려오는 건
그걸 이름 그대로라고 믿는 사람들 때문일까
그 먼 들에서 끌려와 꽃이 피워진 그네들 때문일까
알 길 없이
원형교차로를 몇 바퀴째 돌고
돌았다
보호받지 못하는 모든 것을 그리 불러도 좋을까
누가, 누구를 보호해줄 수 있을까
그 가념은 어디부터 어디까지인가
생각의 꼬리에 물려 좀처럼 교차로를 벗어나지 못하고 돌고 또
돌았다
이대로
지구 자전을 벗어난 시간 반대편으로 가다 보면
잊혀진 것들에 도달할 수 있을까 생각이 들 때쯤이었다

교차로 한쪽 모퉁이를 빌려 앉은 작은 꽃집 간판에 불이 들어왔
다 그때였다
난데없이 길 한복판에서 야생화가 피기 시작했다
가을 해 질 무렵이었다

여전히 외로운 당신들에게

해가 지고 나면 첩첩산중엔 그렁그렁 별빛만 남아
외롭지 않냐고 묻는 말에도 아랑곳없이
첩첩 사이에 나를 밀어 넣고 긴-,
긴 겨울밤 까막 잠든 허공에
불러보고 싶은 이름만 가득 채우다 보면
그곳에도 시가 있을까
당신과 다르게
나는 그것이 궁금해진다

너라서
저 컴컴한 허공 혼자 맴돌겠지만, 너만 있으니
되레 네가 부러워지는 지상의 짐승에겐
세상살이가 그것이면 됐다
휑하더라도 마음에 바람구멍 하나 놓고 살자고
그러는 날도 있어

차마 미치지 못해 외로웠던 철없는 낭만주의자는
벅찬 지구의 자전을 껴안고 여전히
길 것만 같은 당신들의 입술로
잠들지 못하는 시간
시시한 시로 쓴다

사십 대

들숨에 흔들리는 연두를 보고, 두고, 두고
봄내 달떠 새벽을 서둘렀는데 어떻게
꽃이 지는 걸 두고 아무렇지 않을 수 있겠어
손바닥에 온기가 몇 분만 더 오래 남았으면
딱 한 뼘만 이 서러운 날이 더디 저물었으면
눈 깜빡이는 시간 동안이라도 바람이 고이 잤으면
아무렇지 않은 날만이라도 가슴이 덜 아팠으면
그렇게
지는 꽃을 하루 정도 더 볼 수 있었으면 하면서
쓸데없는 작은 욕심이 나이만큼 늘어가는 거지

내가,

노랑 혹은 주황,
교차로에 들어설 때 이미 노란불이 켜졌다
찰나, 가야 할지 말아야 할지를 고민하는 발놀림으로
몇 번인지 두껍게 흰빛이 덧칠된 정지선을 넘어선 내가,

Windows,
새파란 화면에 몇 줄의 절망적인 문자가 나를 응시한다
치명적인 오류에 대응하는 길은 아무 키나 누르라는 교묘함
이미 겁을 덜컥 집어먹은 내가,

내가, 사랑도 했다

4부

잔인한 고요

잔인한 고요

한 권의 시집은 그럴싸한 당호를 가진 한 채의 감옥이다 여기서
시인의 외로움은 시작된다
유폐된 소리를 꺼내 아무리 필사해 보아도 문자에 갇힌 소리는
소리 내지 못한다 언제든 꺼내 볼 수 있는 몇백 권의 시집을 옆
에 두고도
시인의 밤은 고요하기만 하다 그래서
가장 아름다운 형용사는
가장 외로운 감옥이다

(이 잔인한 오만함을 감성이랍시고
눈 내리는, 그믐밤, 새벽, 짝 찾아 울부짖는 수노루, 쩍쩍, 갈라지
는, 깊고 깊은, 고요를, 컹컹, 두 글자로 메워놓고
다 안다고 생각했었다)

한창

여염집 처마 밑에서
섣달그믐 긴,
긴 밤 매단 사연이
얼음장 위로 터진다
수심 깊은 곳으로부터
밝은 달 아래서 더 시커멓게
우두커니 잠든 보(洑) 저편
차곡차곡 참아온
떼 지어 본 적 없는 울음이
텅— 텅—
빛도 들지 않는 그
바닥에서부터
물고기 떼, 참새 떼
떼 지어 본 적 있는 것들이 놀라는 밤

깊은 잠
까맣게 자지러지는 구름 사이
정월, 보름달은
전생의 한때를 말갛게
그렇게 두고만 간다

달 아래 잠깐

나이를 먹어가는 일은

언어로 표현할 수 없는 감정을 켜켜이 쌓아만 가는 일, 구차하
게도
감정에 빚을 지고, 언어에 용서를 구해야 하는 일,
익숙한 것에 더 손이 가고, 눈길이 가는 일, 아득하게
기다리는 시간이 늘어만 가는 일, 기억하는
당신들과 함께 보낸 어제가 혼자인 오늘보다 더 쓸쓸한 일, 늘
곁에
있는 사람처럼 안부가 없어도 안심하고 살 수 있는 일,
촉촉한 입술에도 꾸덕꾸덕 뒤꿈치는 굳어가는 일,
빗소리에 잠 설쳤었다던 그, 소녀가 사랑하는
그를 옆에 두고도 쌔근쌔근 잠드는 일, 그럼에도
나이를 먹어가는 일은 달 아래 잠깐
구름이 멈춘 사이 눈을 떠보는 일

새벽 산행

그림자마저 떼어놓은 시각
졸참나무 속잎 사각사각
다 못한 말로 남아
어디부터 따라 왔는지
아니,
앞서 간 걸음마다
소쩍소쩍
우는 소리
괜한 숨 가빠진다

누구……였을까
생각은 낡았고

아— 봄이 오시는가

꽃비

이생에 미련이 남아
손톱 끝에 앉은 봄날
아지랑이 너머 나풀나풀
먼저 간 사람이 많아
그리움도 남아
후두두 나비 날다
지상에 별자리 하나
이윽고 서쪽

하늘에서 빛난다

황사

아침 여섯 시

콩나물국
대접 위로 김이 엉기면
비몽사몽
취기로 피운 웃음꽃에
바알−간
고춧가루 한 숟가락

지나간 밤
후추통의 토악질

강풍을 동반한 집중호우

윤오월
그믐 밤
우르르
번갯불 앞세운
첩첩산중 골바람
지붕 낮은 산촌
숨을 멎게 하고
누릿누릿
해 넘긴 창호지 방문에
빗방울
퐁퐁퐁
신방엿보기 할 제
그극그극
문고리 놀란 소리에
꽃은 피었다
또 진다

아이스크림(Ice Cream)

때는 유월, 바람은 가슬가슬
정오(正午)를 넘긴 강아지
그늘에서 꼬리 늘어지고

팍팍한 고랑, 설 자란 옥수수
호미 끝에 묻어나는 먼지
목구멍을 갈라놓으면

고깔을 얹은, 산은 조각산
바람 한 사위 구름을 걸어
마른 손 놓게 하는데

흙투성이 손, 아무려면 어떠하리
툭툭 털어 잡으려 하면
이내 먹어치우는 야속한 하늘
또 다른 바람 한 사위

입안엔 마른 침이라
넘겨도 넘어가지 않는 갈증

기청제(祈晴祭)

꼬일 대로 꼬인 뫼비우스 띠처럼
끝 보일 것 같지 않던 통곡이 그치고
어느 틈에선가 퉁퉁 불은 잠자리 떼가
한나절
볕 뜨거운 소리도 없이 그물을 치다 사라지면
속 다 들어내는 관장(灌腸)이 이만할까마는
텅 비고 다시 꽉 찬 고단한 개울엔
순대 소 우기듯 물고기가 차고
조바심에 곤두섰던 개울둑이
돌팔매로 멍든 허리춤 내려놓으면
그제야
거북 등짝처럼 엎어져 있던 칡넝쿨이
엉금엉금 금강송 하나를 다 먹어 치운다

바라고 바라던 그리운 것도
때가 되면 미치기 마련인가 보다

여우비

뙤약볕
모래밭
빗방울 톡톡
움푹,
심장 멎으려는 찰나
하늘은
여우같이 웃고
다시
뙤약볕
가슴엔 모래밭

다원에서

혹여 그 몸짓에
이 향이 흐트러질까
바람도 조심조심 골을 타는데

혹여 그 소리에
이 잎이 움츠러들까
이슬도 살금살금 손을 놓는데

혹여 그 부산에
이 빛이 볕에 바랠까
햇살도 가만가만 곁을 주는데

무심한 나그네만
터벅터벅
길 잃은 근심을 내려놓는다

외포리 선착장, 하루

뭍이 늘어져 수평선까지 닿으려는 날, 오후
발끝을 적시면 귓속말을 주고받을 것 같은 섬, 석모도
지척에 두고 갈매기와 조우하기를 몇 차례
명주실 타래 같은 날들을 풀어
삼백예순다섯 날에서 하루를 지워 두고
깊이를 알 리 없는 수심(愁心)을 수심(水心)에 던지며
돌아오는 걸음에 담아 가겠노라
들뜬 기약이 높이도 없이 솟구치지만
닿으면 속삭이던 섬은 오간 데 없고
빈 배만 덩그러니 해안선에 늘어져
돌아앉으니 거기가 또 섬

뭍이 늘어져 수평선까지 닿으려는 날, 오후
발끝을 적시면 귓속말을 주고받을 것 같은 섬, 강화도
새우깡 한 봉지만큼의 거리 외포리 선착장
그 바다에는
섬에서 섬으로 내 던져진 수심(愁心)이
망부석처럼
돌아보면 건져 가지 못하는 하루로
수심(水深) 가득 오롯하게 물길이 된다

간월암(看月庵) 일몰

시(詩)가 사람들 마음을 울리지 못해
그 잘난 시인이 못 된다 하면 또 어떤가
이 못난 내가 여기서 목 놓아 울면
이렇게 슬픈 나를 보고
해 지는 하늘이 울어 주는데
그러면
내가 시(詩)가 되는데
그러하면 아니 되겠는가
간월암(看月庵) 일몰 앞에선
삼라만상(森羅萬象) 모두가 시(詩)가 되고 마는걸
구태여
왜 사람만 시(詩)를 쓰라 하는가

색즉시공공즉시색(色卽是空空卽是色)

묵낫 한 자루 호미처럼 들려
더위에 쫓겨 간 산, 오솔길
지붕마다 연기 피우는 낭만 사라진 오래
사람 자리에 들어선 나무
찍어내고 베어내고 길을 내어 나아가다
문득
돌아보니
산속

향일암(向日庵)에서는

향일암에서는
내가 떠 놓은 약수를 바다가 마시고
스님이 개 놓은 바다는 하늘이 삼킨다

향일암에서는
내가 못다 한 기도를 파도가 빌어 주고
스님이 외다만 불경은 바람이 다 해준다

향일암에서는
내가 담은 마음을 바위가 열어 주고
스님이 내친 번뇌는 산이 품어 준다

자칫
향일암에서는
바다가 걸어온 수작에 마음을 주다
하늘이 삼킨 바다만 내가 담아 오고
파도가 빌어 준 못 다한 기도는
산으로 발 돌린 스님 어깨에 얹는다

향일암에서는
스님이 없어도 바람이 불경을 외고
오고 가는 것이 없어도 바위가 열린다

시시한 가을의 詩

제비가 물고 간 날들이 하도 허해
해 질 무렵, 평상에 누우니
볕 쏟아질 틈 주지 않고 지들끼리 엉켰던 등나무 잎이
어느새 오그라들어 하늘 끝 벼랑을 부둥키고
이름 모를 풀벌레 소리가 숭숭숭
흉내도 내지 못할 발성으로
구멍 난 어스름을 왔다 갔다 하는데
문득 생각
얼씨구나
빈자리에 들어앉은 바람이
붓 들고 까질러
시원하게 낮걸이를 해뒀을 텐데

몸 비틀어 간신히 고개만 돌려
찌푸린 미간에 초점 맞추는데
날이 비니
색도 비고
생각만 서서
우뚝 선 그림자를 희롱할 뿐
대놓고 본다고 참견하는 건 풀벌레 소리뿐
알아듣질 못하니 그것참 속 편한 일
아! 육감이 차지는 관능적 고요

시집가는 날

넉넉하게 계절이 익어
달무리에 오색 일어도
찬바람 끝 부산스럽지 않게
다소곳 열어 둔 창틈으로
울긋불긋 사람들 모이면
산은 슬며시 돌아앉는다
밤 떨어지는 소리 툭툭
옆구리 찌르면
마지못해
졸참나무 도토리 떨어지는 소리로
꺽꺽 웃음 참아 내며
쪼그리고 앉아 우는 아이처럼
구부정한 실루엣 들썩거리기만 할 뿐
심술보는
한번 돌아앉으면 날 새도록 대꾸가 없다
고단한 사내는
낮에 보고 온 그 자태 눈에 선해서
선잠 끝 마당 가 서성이지만
지척에서도
무심한 기적은 밤을 새워야만 한다

채 동트기 전 새벽 어스름
새색시 단장에 돌아앉는 산
창밖으로 내 몰린 사람들
이바 니웃드라, 山水 구경 가쟈스라*
호들갑에 팔려 가는 신부
바짓단에 묻어나는
지나간 밤
긴 긴 밤

* 정극인, 「상춘곡」 인용

가을, 해가 짧다

가을 햇살에 열린 들깨 위로
도리깨 끝 새파란 하늘
소리 없이 반으로 갈라진다
속살 하얗게 드러났다
아플까?
아픈가?
신음 같기도 하고 가래 끓는 소리 같기도 한
탁, 탁, 탁, 탁, 부우웅, 탁, 탁, 탁, 탁
도무지 속내를 알 수 없는
비행기 한 대 지나갔나 보다
짐작만 할 뿐
쿵짝이 맞아야만 잘 돌아가는 도리깨질 멈추지 못하고
아,
이 낭만 없는 밥벌이란 도대체
탄식하는데
어쩌다 자기도 모르게 '관계' 대명사가 된 직박구리가
저와 눈이라도 맞아보자는 심산인지
기어이
그 음산한 소리로 울어댄다
아,
저 낭만 하고는

콧등에 깨알만한 땀방울이 열렸다
가을 해는 유난히 짧다

외딴길

간간이 눈 밟히는 소리만 살아있는 첫길
외딴 모퉁이를 돌다
동백의 발치에서 매 한 마리와 눈이 맞는다
누구의 날갯짓이었을지 모를 거친 비질이
아련하게 흩어놓은 선홍빛 꽃잎
모든 소리가 숨어드는 고요한 꽃밭에서 단지
살아있는 것만 주어가 되는 선명한 순간

서로의 눈 속에서 굉음으로 만개하는 뜨거운 정적
아! 이토록 절박한 한 끼가 있었을까

스스로 멈추지 못해 동백은 계속,
계속 피어나고
눈 밟는 소리마저 등 뒤에 남겨둔 사내는
아침나절 한때를 가만히 돌아서 간다

시인

말 앞에 서면
글은 늘 초라해진다
그
말과 글 사이에 시인이 산다
신명나게 떠들어 대고도
한 줄 글로 적어내지 못하는
무능한 심장 가지고 시인이 산다
자고나면 부풀어진 말들의 도시에
하루 한 칸,
원고지를 채워 넣지 못하고도
시인은 말을 하고 산다
차라리 말이라도 않는다면
속이라도 편하겠건만
하는 말, 다 주워 담지 못하고
그 잘난 시인은 가슴 조리며 산다

말 앞에 서면 시인도 늘 초라해진다

5부

불안의 재구성

동물성 3

숨이 멎은 것 같은 봄
숨을 놓아버린 송아지를 묻고 돌아오는 저녁
세상 모든 초록이 주검으로 직립하는 시간
살아 움직이는 것들의 경건한 의식은 그저
더 어둡기 전에 집으로 돌아가는 일, 야트막한 야산 양지 녘에 두
고 온 것을 절대 돌아보지 않는 일, 새끼가 나간 문 쪽으로 고개 돌
아가는 어미를 두고도 사료 한 줌 더 주지 못하는 일, 밤새 설치고
지새는 잠에도 달빛 서럽게 우는 어미소를 모른 체해야 하는 일,
하루도 빼먹지 않고 인간으로 살아온 날을 오롯이 아파하는 일
할 수 있는 일이 이렇게밖에는 없어
글자들이 꾸물꾸물 기어 나오기라도 해야 미치지 않을 수 있는,
나른한 봄볕에 처음으로 본 인간이 나였을 그 눈동자, 그렇게
시라도 써봐야 지나갈 것 같은 찬란한 계절의 잔상

국가재건위원회

짜장면을 자장면이라 불러야만 하는
지구의, 아주 작은 어느 나라에서
닭은 꼬끼오 라고만 울어야 하며
뻐꾸기도 뻐꾹 거려야만 하고
나무는 무럭무럭 자라야만 하며
새싹도 쑥쑥 커야만 하고
냇물은 졸졸 흘러야만 하며
파도도 철썩철썩 소리를 내야만 한다
어떤,
살아있는 자의 심장도
어처구니없게
두근두근 박자를 맞추어야 한다

너무
너무 겁이 나서,
소심한 나는
가끔

나의 심장 소리를 듣는다
나의 심장 소리를 묻는다

불안의 재구성

동쪽으로만 늘어지던 빨랫줄이
출렁
한없이 가벼워지는 허방
놀란 잠자리 날갯짓에 컹컹
미친 바람도 대문을 여닫는 시각
돌연 세탁기에서 사라진
좌우를 구분할 수 없는 양말 한쪽에 대한 슬픔은
채 하루를 넘기지 못하고
지나치게 관대했다

차마 말로 표현할 수 없었던 불안을
꽃이 지는 걸로 대신해야만 하는 시인의 비참함은
아직
맨다리로 건널 수 없는
4월이 채 여물기도 전에 피고 져야 하는 진달래 물길 앞에
징검다리를 놓아 기억만 꺼내 놓고 있으니
여전히 밤바람은 차고
연기가 사라진 산촌은 액자로 걸리기 딱 좋은 풍경만
지루하게 남겼다

달 속에서 별이 지면
새끼를 잃어 본 어미가 낼 수 있는 소리는 한없이 허물어지고
일상을 위해 눈을 붙여야 하는

밥벌레의 하품이
쓰지 못한 것들을 위로할 때
이제는 너를 전복할 차례다
선언은 짧았지만, 그날
뒤바뀐 관계가 허락한 깊고
또 곤한 꿈은
결대로 베갯머리를 돌려주지 않았다

폭주하는 생각을 어쩌지 못해 찾아오는 두통으로
고독한 당신은
멋대로 낮아지는 고도를 기다렸고
지구의 심장에 귀를 대고 봄이 오는, 가는
소리를 듣던 우리는 바짝 엎드려
굼벵이가 지나간 촉촉한 흙길에서
손톱 끝에 묻은 이빨 자국을 꾹꾹 눌러
당신만 기다리고 기다렸다

이제
두통이 가라앉기 전에
이것들의 순서를 바꿀 차례
주어는 없고, 주어진 것은 오직
문장뿐이다

손가락 장난

한날, 한시에
뼈와 살이 붙은 몸이라도
오른발을 들면 왼발이 힘겹고
오른손을 채우면 왼손이 비는데
계절 따라 천지가 뒤바뀌며
차지도 비지도 못하는 이 공간은
아슬아슬 기우뚱거리면서도
차들은 오른쪽으로 사람들은 왼쪽으로만 잘도 흐른다
행여나 삐끗하여
장난처럼 철마다 새들이 둥지를 옮기고
까딱까딱 손가락이 손바닥을 뒤집어서
요란하게 눈물겨운 박수 소리가 신명(神明)을 흔들어도
차들은 오른쪽으로 사람들은 왼쪽으로만 서는데
어제와 같이
육시를 할 네놈의 신물 난 삿대질에
유독
왼쪽 가슴에만 심장이 있어
한쪽만 가슴이 아픈 이유는 무엇이냐

국민연금 고지서

행복공화국에서 보내져
우체국을 통해, 집배원의 손을 거쳐
우편함으로 전해진 고지서가
한 달에 한 번씩 나의 방문(訪問)을 종용(慫慂)한다
이면지도 못 되는 고지서에는
연체된 행복과 저축해 둔 행복이
성적표처럼 숫자로 열거되어 있고
만약, 행복을 통째로 맡기지 않는다면
그런다면
나의 노후를 위해 지금 잡아 가둘지도 모른다는
웃기게도 섬뜩한 가정(假定)이
붉은색을 덧칠한 채 눈을 부라리고 있다
찌들게 살다 보면 붉은색에도 면역이 생기는지
지난달과 마찬가지로
행복은 나의 손을 거쳐 두 눈에 머물다
꼬깃꼬깃 구겨져 쓰레기통으로 던져진다
나이스 샷! 아~ 순간의 희열
그제야 입과 가슴이 반응한다

가난한 시인이 살날을 받아둔 것도 아닌데
매달 꼬박 꼬박
마이너스 통장에서 빠져나가는 플러스 행복이
내겐 과분하기만 하다

지하철

보리밭 사이 바람처럼
철로의 이음을 따라
앞뒤로 몸을 맡긴
군상들의 일상으로
길고도 지루한 고행이
옷섶을 열어내는
악(惡)과 추(醜)의 서늘한 계시
귀를 열고도 매정히
눈을 감거나, 잠을 자거나

느릿한 발을 절며
어눌한 입술을 보태
뒤따라온 통곡이
앞선 자의 무릎을 꺾고
좁고 답답한 빛을 들어
약속의 땅으로 향하는
가난한 비애의 길을 열면
내리실 문은 오로지
왼쪽이거나, 오른쪽이거나

가난해서

모세가 된 그는
또한
누구의 아버지이고
누구의 지아비이고
누구의 자식이었을 것이다

단성사 앞에서

죽은 왕자*를 위해 노래하지 말라던 시인의 울분이
살아남은 백성의 재주로 붓끝에 맺혔던 그 아득한 옛날
붓으로 쓴 염원이 백정의 칼끝에 빨간 열매를 열어
거스르고 거슬러 가슴에서 가슴으로 흘려온 그 뜨거운 눈물
눈 가리고, 입 막고, 귀를 닫아도 봄날엔 볕이 드는데
앞선 자의 머리채를 잡고 볕을 막아서는 그 간악한 손바닥
주인이 내몰린 터에선 불러도 이름은 되돌아오지 않고
저무는 봄날 횅한 들에 찬바람이 흩어 놓는 그 조각난 진실

아, 무섭다 너의 자유가

* 임화, 「청년의 6월 10일로 가자」 인용.

오후 다섯 시 십팔 분

장마 돌고 난 뒤
지린내 따갑던 여름날
변소 뒤에 숨은 지렁이는
혓바닥 같은 몸으로 시를 썼고
누더기 같은 구름 뒤에 숨은 하늘은
지지리 궁상맞게 그 시를 잘도 읽었다
나무 위에 올라앉은 매미는
두 눈을 내리깔고 철없이 노래했지만
나는 들었고
너는 보았다

그늘에 볕이 들지 않는 걸 탓하는 이 하나 없었는데
저물 무렵
호기를 만난 하늘이 빨리도 눈을 감았다
어둠 속에서 지렁이만 길을 잃었다

의암사(義嚴祠)에서

사당의 처마 끝이 기울어질 때쯤

그림자도 없는 소리가 너를 보듬어
높고도 고귀한 대청에 고개 숙이고
연서를 새긴 마음에 묵향만 가득하여
바람 잦아들어도 촛불은 통곡하는데
미풍에 흔들려 봄볕을 지는 꽃잎이
미처 다 하지 못한 미련 있다 한들
감히, 뉘라서 누구를 탓하겠느냐

설정된 이분법의 못

전주, 한옥 마을, 입구, 경기전, 하마비(下馬碑)
깊게 골 졌던 길을
얕은 배접(褙接)에 묻어나는 흔적처럼
두 길로 흩어 놓는 령(令)의 경계에서
방금 냉장고를 나온 듯
아이스크림처럼 서늘하게 오롯한 모양새
그대로 세월이 가고 또 왔는데
마지막 왕조의 시간을 거침없이 뱉었을
석공(石工)의 꽤나 위엄 있는 망치질 소리는
간신히 음절이 되는 카메라 셔터 소리에도
조각조각 떨어져 나가는 상.형.문.자로
쪼그려 앉지 않으면 눈높이를 맞출 수 없는
낮음과 높음의 한계에 박제(剝製)되어 있다
누가 누구의 말을 탁본(拓本)이라도 떠 두었을까?
대견하다

못이 있다면 산자의 못일 텐데
산자의 못은 죽은 자의 못이었을 텐데
가까운 평상에 머리를 맞댄
취기 도는 노인들의 장기판에서는
삶도 죽음도 가볍게 모욕(侮辱)하며
장군과 멍군을 받아치는 령(令)이 반듯한데
좀처럼 들리는 귀는 열리지 않는다

애기똥풀

한여름, 개울가 풀 자리
전봇대처럼 민숭민숭하게 둑을 딛고 서니
영문 모르고 자리 잡은 영문들 무성한 틈에
꽃이라며 당번처럼 손드는 놈이 애기똥풀 하나다
쪼그려 앉아 눈 맞추고 있으려니
간혹 불어 내는 냇바람에 고개를 까딱까딱
지루했던지 날 더러 술래가 되란다
마음이 동해서
꽁무니라도 훔쳐보려 둑 아래 발 드밀면
허리춤까지 하늘을 내려놓고 숨어 버리는데
오르락내리락하며
덤벙 덤벙 햇강아지 호기심으로 내미는 손마다
싸락싸락 노란 숨소리가 묻어난다

숨에도 경계가 있어
낮아지면 뵈지 않는 그곳에서
술술술 힘주지 않아도 싸대는 숨이 있어
술래 한번 돼 보지 못한
지겨운 이 높이가
물음에 대답 할 리는 만무하다

사어곡(思語曲)

이 삶이
너로 인한 마지막 윤회라 하더라도
사랑은 그치지 않는다
백만 년 후 즈음
다시 지상에서 불러 주는 이가 있어
하늘을 올려 볼 유일한 기회가 주어진다 하더라도
그때도
나는 오로지 여기서
너를 사랑할 것이다
다시 또 너를
사랑할 수만 있다면
종다리, 고라니, 개구리, 피라미, 라일락,
염려할 것은 없다

시집

모선과의 마지막 교신에 실패한 이후, 내가 도시를 버렸고, 시는
나를 버렸다

순서는 중요하지 않다

미아가 되었다

선택할 수 있는 것은 오로지 선택받는 일뿐,

가끔 그리워할 수 있다면 시도 그러해 주길 바랄 뿐이다

늘 이런 식이었다